Miguel Maldonado

Das Buch der traurigen Berufe

Gedichte | Poemas

El libro de los oficios tristes

Bilder Imágenes
Dietlind Horstmann-Köpper

Übersetzung Traducción
Christiane Quandt

BÜBÜL VERLAG
BERLIN

Pero mi corazón no está cerrado
y dentro lloro lo que llueve fuera.

Aber mein Herz ist nicht verschlossen,
und in seinem Inneren weine ich,
wie draußen der Regen fällt.

Juan Ramón Jiménez

Los oficios tristes

Quienes profesan oficios tristes
tienen hijos que no saben responder
la incómoda pregunta que llega siempre
¿A qué se dedica tu padre?

Tienen también la certeza
que por la misma paga
cambiarían pronto aquel empleo

Se vuelven grandes sabios
y no culpan nunca a nadie
por no querer lo que han tenido

Die traurigen Berufe

Die deren Eltern traurige Berufe
haben wissen keine Antwort
auf die immergleiche unbequeme Frage
Was ist dein Vater von Beruf?

Sie sind sich sicher
für denselben Lohn
fänden sie sofort was anderes

Sie werden klug und weise
und sind keinem böse
der nicht das will was sie hatten

El lavaplatos

Es el último
en la cadena alimenticia
Se come a veces
las mitades de pastel
dejadas por muchachas
arrepentidas del azúcar

De los arrepentidos es el pan del lavaplatos

No le preocupa
si han dejado sobras
porque están rancias
ni que se contagie
alguna enfermedad
por comer segundas

Su tristeza es otra
acariciar a su mujer
con las yemas de los dedos
arrugadas por el agua
sentir las cosas
con el tacto de un viejo

Solamente una vez a la semana
las mujeres que él toca
las siente a su tiempo

De un día por semana es la juventud del lavaplatos

Der Tellerwäscher

Er ist das letzte
Glied der Nahrungskette
Manchmal isst er
süße Tortenreste
verschmäht von Mädchen
mit akuter Zuckerreue

Das Brot des Tellerwäschers ist die Reue der anderen

Er sorgt sich nicht darum
ob die Reste übrig bleiben
weil sie verdorben sind
noch ob er sich einen
Keim einfangen könnte
bei seinem Mahl aus zweiter Hand

Seine Trauer hat andere Gründe
seine Frau liebkost er
mit schrumpeligen Finger-
kuppen vom Wasser aufgeweicht
erspürt die eigene Welt
mit dem Tastsinn eines Alten

Nur einmal in der Woche
fühlt er die Frau die er
berührt in Echtzeit

Nur einen Tag pro Woche
währt die Jugend des Tellerwäscher

El minero

Le tocó el muro ciego
Conocer el mundo por lo duro
la terca mole que es también la Tierra
los barrenos vencidos de materia impenetrable

Tomó las medidas extremas
de dinamita y vida corta
No será de él la transparencia
el suave césped alfombrado
nada suyo el algodón

Sólo llegará a la rosa de obsidiana
a los tigres por sus oros
sólo será suya el agua subterránea
                    la suavidad por lo escabroso

Der Bergmann

Die blinde Felswand ist sein Los
die Welt erfasst er durch die harte
und starre Masse Erdengrund
sein Bohrkopf zagt vor festen Schichten

Seine Strategie – extrem:
Dynamit und kurzes Leben
Lichtdurchdringung ist ihm fremd
auch teppichweicher Luxusrasen
oder gar ein Wattebausch

Er stößt auf Rosen nur im Obsidian
des Tigers Goldstreif wird er finden
und sich an finsterem Grottenwasser laben
das Schöne liegt für ihn im harten Stein

El rotulista

Suele creerse
que tuvo cierta inclinación
hacia el dibujo
pero aprendió con el trabajo
todavía se ven vacas
en cara de jirafa
en sus primeros
expendios de carne

Cuando su nieto pide un dibujo
abundan
camarones en dos piernas
ricas tortas
cerdos en su cazo
la palabra "Hielo"
en letras derretidas
El nieto pregunta
por qué dibuja siempre
llantas inyecciones y tornillos
en vez de siluetas
corazones
y paisajes

Der Schildermaler

Man möchte glauben
er sei begabt in Sachen
Zeichenkunst
doch lernte er erst bei der Arbeit:
noch immer sieht man eine Kuh
mit seltsamem Giraffenkopf
auf seinen ersten
Metzgerschildern

Bittet sein Enkel um ein Bild
so tummeln sich
zweibeinige Garnelen
üppige Torten
Spanferkel am Spieß
oder das Wort „Eis"
in geschmolzener Schrift
Der Enkel fragt
wieso er immerzu nur
Reifen, Düsen, Schrauben malt
anstelle von Figuren
Herzen oder
Landschaften

El señor que estampa sellos

No le cansa el brazo
No hay física ni metafísica
Son sólo sus manos
sus manos
manchadas de tinta
Ese paisaje injusto
de tantas manos limpias
que extienden un recibo
y una sola mano que se ensucia

La gente no hace plática
al señor que estampa sellos
A cualquiera de oficio en ventanilla
saludan y sonríen
pero no al señor de los sellos

Está solo
es una mano sola
                    que se mancha

Der Briefmarkenstempler

Sein Arm wird niemals müde
unter seinen Händen
den tintenbefleckten
Händen verschwinden gar
Physik Metaphysik
In der ungerechten Landschaft
aus blitzsauberen Fingern
die Kassenzettel halten
wird nur die eine Hand befleckt

Man spricht nicht
mit dem Markenmann
Jeder andere empfängt
hinter seinem Fensterchen
Gruß oder Lächeln
nicht so der Briefmarkenstempler

Er ist allein
nur die eine Hand allein
        mit ihren Tintenflecken

Los oficios incómodos

A quienes desazolvan cañerías
llevan perros a la hoguera
limpian excreciones en estatuas
atienden de noche los negocios
hacen algo útil sin ser vistos

Sepan
que cuando corre bien la tubería
o sostengo en las manos un frasco
pienso en ustedes
Y no sé
de qué valdrá este gesto

Die unangenehmen Berufe

Ihr die ihr verstopfte Rohre freiputzt und
Hundekadaver hygienisch einwandfrei verbrennt
die ihr die Statuen von Exkrementen säubert
und nachts in den Geschäften tätig seid
ihr tut sehr nützlichen doch unsichtbaren Dienst

Lasst mich Euch sagen
wenn Wasser ohne Stocken abfließt
wenn ich mir spät ein Fläschchen kaufe
dann denk' ich stets an Euch
Weiß aber nicht
was diese Geste wert ist

El velador

No duerme por el día
lo ocupa en un segundo oficio
uno sencillo
por si el sueño lo traiciona
Sellar actas
Etiquetar productos

Pierde la secuencia
de las cosas que suceden
no sabe si fue ayer
si su hijo estudia sexto
lo dijo no lo dijo

Duerme mientras vela
Despierta al menor gato

Un ruido de motor
y hay sobresalto
Es el sueño más nervioso

Regresa a casa
preguntando qué ha sido
si fue ayer
si pasó a sexto
¿lo dijo

no lo dijo?

Der Nachtwächter

Er schläft auch nicht bei Tag
denn da hat er andere Pflichten
die Zweitarbeit ist anspruchslos
falls ihn der Schlaf erwischt
Er stempelt Akten
und etikettiert Waren

Die Folge der Ereig-
nisse verschwimmt ihm
er weiß nicht ob es gestern war
ob sein Kind schon in die Sechste geht
hat er's gesagt – hat er es nicht gesagt

Er schläft im Wachen
Erwacht bei jeder Katze

Jedes Motorgeräusch
schreckt ihn auf
Sein Schlaf ist so nervös

Er kommt nach Hause
fragt was so passiert ist
fragt ob es gestern war
ob er schon in die Sechste kommt
hat er's gesagt
hat er es nicht gesagt?

El herrero

Los de oficio triste
no quieren que sus hijos
hereden esa ocupación

El herrero
sueña hijos
de fina complexión
flacos para el mazo
alérgicos al fuego
Pocas veces sucede
Se acostumbra
a auxiliar sus quemaduras

No deja de soñar
cambiar un día de giro
Pide que sus hijos
tengan sólo niñas
y funden una florería
El herrero
        sueña florerías

Der Schmied

Die mit den traurigen Berufen
wollen vermeiden
sie ihren Kindern zu vererben

Der Schmied
erträumt sich Kinder
von zartester Gestalt
zu schmal für einen Hammer
allergisch gegen Feuer
Nur selten kommt es so
Und er gewöhnt sich daran
ihre Verbrennungen zu lindern

Noch träumt er nun davon
das Schicksal umzulenken
Er bittet seine Kinder
nur Töchter zu gebären
um Blumenläden zu eröffnen
Der Schmied
erträumt sich Blumenläden

La cajera

La menos instruida del negocio
tiene que entregar las cuentas claras
Cuando llega la hora de altas sumas
se concentra en el conteo
sopesa centavo por centavo
mejor contar hasta tres veces
Pero siempre se equivoca
Da cambio de más
Ayuda sin quererlo
a completar rentas
a regalarse un gusto
Se endeuda con la casa
y en su casa

El dinero no es suyo
le obliga indiferencia
Pero no puede
                    lo desea
es que arreglaría tantas cosas

Entre cajera
                    y ladrona
todo el tiempo
No es un dilema justo
a quien
                    no tiene posibilidades
                              y es su única posibilidad

Die Kassiererin

Sie hat im Laden die geringste Bildung
muss machen dass die Rechnung stimmt
Wenn es um hohe Summen geht
konzentriert sie sich aufs Zählen
wägt Cent für Cent geduldig ab
besser sie zählt drei Mal als falsch
Aber immer stimmt was nicht
Sie gibt zu viel heraus
Hilft ohne Absicht
Löhne aufzustocken
sich mal etwas zu gönnen
Sie verschuldet sich beim Haus
und auch zu Haus

Das Geld gehört ihr nicht
gleichgültig sollt' sie sein
Es will ihr nicht gelingen
                    es nicht für sich zu wollen
alles wär' so viel einfacher mit Geld

Sie steht zwischen Kassiererin
                    und Diebin
die ganze Zeit
Ungerecht ist das Dilemma
für die
                    mit arg begrenzten Möglichkeiten
                                        bleibt nur die eine Möglichkeit

El vendedor de puerta en puerta

No son las puertas negadas
ni que desquiten un odio con él
no es el nervio que abran
sentirse observado desde dentro
no convencer a la primera
hacer caso y pasar mañana
los a punto de comprar y se arrepienten
los hogares clausurados
el sudor y los pañuelos
¡perros!

No
Sólo se duele
de las plantas de los pies
tiene miedo
            de no poder andar mañana en el trabajo

Der Hausierer

Es ist nicht der verwehrte Einlass
noch der unverdiente Hass
nicht das Bangen ob jemand aufmacht
das Sich-Beobachtet-Fühlen von drinnen
beim ersten Mal nicht überzeugen
einlenken und morgen wiederkommen
wenn kurz vorm Kauf die Reue kommt
das gut verschlossene Eigenheim
der Schweiß die Taschentücher
Hunde!

Nein
Ihn schmerzen bloß
die Sohlen seiner Füße
und er befürchtet
        dass er morgen nicht laufen kann bei seiner Arbeit

El vendedor de enciclopedias

El desgaste en los libros de muestra
hace que parezca vendedor de libros viejos
Los clientes quieren hojear libros nuevos
si los presta se mancharían como siempre
y descontarían su dinero en comisión
Tiene que convencer de mirar con otros ojos
el libro de muestra sucio de tanto manoseo
que imaginen el paisaje sin las huellas de los dedos
que tengan siempre en mente que el libro nuevo
tiene el mismo texto pero en hojas más pulidas
Que supongan páginas con verdes más vivos
que presientan el brillo
                    que imaginen el dulce olor a nuevo

Der Enzyklopädienverkäufer

So abgenutzt sind seine Ansichtsexemplare
dass man meinen könnte er verkaufe antiquarisch
Der Kunde will in neuen Büchern blättern
er reicht sie weiter und die Bücher werden fleckig
dann gibt es Abzug bei der Provision
Er muss sie überzeugen nochmal ganz neu zu schauen
das Ansichtsbuch ist schmutzig von den Händen
doch denken Sie sich Bilder ohne Fingerspuren
das neue Buch hat ja denselben Text
nur dass die Blätter frisch sind glänzend
das Grün – stellen Sie's sich leuchtend vor
freuen Sie sich auf druckfrischen Hochglanz
und den Duft von neuen Büchern

Los oficios

A todo oficio
llega su tristeza
El día que dudamos
si se tenía madera
de carpintero
Cuando se hereda
a un hijo poeta
la caja de herramientas
El día inaplazable
en que un colega
cometerá baja traición

O asuntos menores
de fatiga
de tedio
por lo mismo
del simple aburrimiento
ese Monstruo delicado
en Baudelaire

Alle Berufe

Jeder Beruf hat seine
eigene Traurigkeit
Der Tag an dem wir zweifeln
ob wir überhaupt das Zeug
haben zum Zimmermann
wenn wir dem Dichter-
kind unseren Werkzeugkasten
vermachen
Der unausweichliche Moment
wenn der Kollege
niederen Verrat begeht

Oder geringere Probleme
Erschöpfung
Überdruss
alles aus stumpfer
Langeweile – das
wohlbekannte *monstre délicat*
bei Baudelaire

El ayudante

Le dicen que cargue que traiga que sostenga
pero desconoce a ciencia cierta lo que hace
Imagina la función
de los instrumentos que acarrea
la utilidad práctica
                    de sostener esas balizas
                              de mirar por teodolito

La gente no lo trata
                    de maestro
le toca lo delgado
cuando agradecen
los trabajos concluidos

Nunca llega a ciencia cierta
Sabe que algunas cosas
le han sido prohibidas
y esa reserva lo trae a medias
Lo invade el ansia
de llegar al fondo de algún arte

Tiene noción del resultado
sabe y no sabe
es y no es
                              el ayudante

Der Hilfsarbeiter

Man heißt ihn tragen bringen halten
doch weiß er nicht wozu genau er's tut
er malt sich aus für was die Dinge
taugen die er anschleppt
was es wohl nutzt
    wenn er die Lampen hält
        und was der Blick durch den Theodoliten soll

Niemand hofiert ihn wie
    die großen Handwerksmeister
er zieht den Kürzeren
wenn dann gedankt wird
für die getane Arbeit

Er wird die Zweifel nie ganz los
Weiß dass ihm gewisse
Dinge nicht erlaubt sind
und dieser Vorbehalt behält ihn vor
Ihm wird ganz angst und bange wenn es
drum geht eine der Künste voll zu beherrschen

Er stellt sich vage das Ergebnis vor
weiß und weiß doch nicht
ist und ist doch nicht
                der Hilfsarbeiter

El globero

Quienes crecen
en la casa del globero
huelen siempre a gas butano
Saben cuántos globos
hacen volar un lapicero

Se les prohíbe
jugar cerca de los tanques
y tienen los pulmones sanos
de tanto andar inflando

No hay un cuarto para globos
están regados por la casa
El hilo que les cuelga
se atora en los aretes
se enreda en las manijas
encochina los guisados

Los globos
no caben en un auto
el globero
se los lleva caminando
También como nosotros
ha soñado que los globos
lo lleven volando

Der Ballonverkäufer

Wer beim Ballonverkäufer
aufwächst riecht immerzu
nach Gas. Weiß ganz genau
wie viel Ballons es braucht
damit ein Kugelschreiber abhebt

Es ist verboten
bei den Tanks zu spielen
und alle Lungen sind topp in Form
weil dauernd aufgepustet wird

Es gibt kein extra Ballon-Zimmer
sie sind verstreut im ganzen Haus
Die Schnüre hängen von der Decke
und verhaken sich im Ohrring
verheddern sich an Türklinken
und versau'n den Braten

All die Ballons
passen in kein Auto
der Ballonverkäufer
nimmt sie mit zu Fuß
Und wie wir alle träumt
auch er davon mit den
Ballons weit fort zu fliegen

El asistente del asistente

Se entera de las cosas
por terceras
le dicen lo que dijeron
al que le dijo

No sabe la sustancia
de aquello que organiza
desconoce qué sueños
qué jugos del alma
han dado vida
a pruebas de sonido
al vestido de esas mesas

No hay nada que le pertenezca
en sus labores de detalle
su parte de hombre
en el montado de mamparas

No sabe del origen
ni de las últimas causas
¿Qué diablos lo trabaja
qué nervios lo mantienen
atento a los asuntos
en los que de nada sabe nada?

Der Assistent des Assistenten

Wenn er was mitbekommt
dann über Dritte
sie sagen ihm nur was sie
vom Hörensagen wissen

Das Wesen dessen was er
da organisiert ist ihm vollkommen unbekannt
er weiß nicht welche Träume
welche Seelensäfte
die Soundchecks ins Leben riefen
oder das Tuchkleid
für die Tische

Nicht eine Kleinigkeit gehört
ganz ihm bei seiner Arbeit in klein-klein
die Männlichkeit kommt nur zum Tragen
beim Montieren schwerer Schirme

Er weiß nichts vom Ursprung
noch vom letzten Grund
Wie zur Hölle schafft er es
die Nerven zu behalten und
aufmerksam zu sein bei seinem Tagwerk
wo er doch nichts von gar nichts weiß?

Los que se rentan para probar medicamentos

Ignora si enfermó
por los efectos secundarios
o esa enfermedad
es del todo suya
Si fraguó su cuerpo
su propia purulencia
o fue una dosis de ponzoña

Perdió derecho a saber
si se pudre por sí solo

La tremenda libertad
de joderse a propia cuenta
de chingarse uno la vida
se ha vuelto ahora
un defecto secundario

Die Medikamententester

Ihm ist nicht klar ob ihn die
Nebenwirkung krank macht
oder ob die Krankheit
ganz zu ihm gehört
Ob der Körper ihm gebeutelt
wird durch eigenen Eiter
oder eine Dosis fremdes Gift

Er hat sein Recht verwirkt zu wissen
ob er von allein verwest

Die unfassbare Freiheit
auf eigene Kappe zu verkommen
sich selbst das Leben zu versauen
ist mittlerweile ihrerseits
zur Nebenwirkung reduziert

La vendedora de dulces ambulante

No es que nos duelan
sus ganancias de poco
que no practique
los negocios redondos

Es la severidad
que llega siempre
cuando ha de decidir
si la ganancia
se invierte en mercancía
o se usa en un apuro

Tener en mente
que cada tanto
habrá de despedirse
darse baja
echarse fuera
                    de su propia industria

Yo quiero que ella sepa
que hay hombres que pensamos
lo difícil que es vivir
con la eterna sensación
de correrse pronto del empleo

Die mobile Süßigkeitenverkäuferin

Ihr geringes Einkommen
schmerzt uns wenig
auch nicht dass ihre Geschäfte
nicht ganz koscher sind

Es ist die Härte
die stets dann aufkommt
wenn sie entscheiden muss
ob der Gewinn in
neue Ware geht
oder andere Löcher stopft

Immer daran zu denken
dass sie sich selbst
von Zeit zu Zeit
freistellen muss
rausschmeißen
                    aus ihrem eigenen Geschäft

Ich möchte dass sie weiß:
Manch einen treibt es um
wie schwer das Leben sein muss
mit der steten Ahnung
bald arbeitslos zu sein

Quienes hacen la limpieza

Transitan por entradas traseras
y elevadores de servicio
Sus pasillos y paredes no son nuestros
No sabemos de sus cuartos de limpieza
de sus estancias para almuerzo
Sólo se sospecha que andan por allí
como el paso del agua en tubería
o los ruidos indescifrables del vecino

Limpian los pisos por la noche
o cierran el paso si es de día
el caso es que nunca somos juntos

Die Reinigungskräfte

Sie benutzen nur Hintertüren
und Serviceaufzüge
Ihre Flure und Wände sind nicht unsere
Wir kennen die Putzmittelräume nicht
noch wissen wir wo sie zu Mittag essen
Und doch vermutet man sie irgendwo
wie Wasser in den Leitungen
oder die rätselhaften Geräusche des Nachbarn

Sie putzen abends Böden
versperren tags den Durchgang
Fakt ist: Nie treffen wir sie wirklich

Las que venden su cabello

De ellas debía ser
la justicia divina:
que no les salgan canas

Con ellas la naturaleza
debía ser sabia:
que ninguna resulte calva

A ellas
los cosméticos debían cumplir:
evitarles una caída prematura

De ellas debía ser
y para ellas
la justicia poética

Die ihre Haare verkaufen

Gott sollte ihnen gnädig sein
damit sie nie auch nur ein
graues Haar bekommen

Mit ihnen sollte die Natur
behutsam sein und darauf achten
dass keine eine Glatze kriegt

Bei ihnen sollte die Kosmetik
ihre Versprechen von
null Haarausfall erfüllen

Und ihnen soll sie gehören
– ganz allein –
die Gerechtigkeit der Poesie

Oficios varios

Para los que se ofrecen
en oficios varios
su orgullo es componer
todo desperfecto
Se les contrata por igual
para fugas de agua y cortos circuitos

Pero el que más trata con materia
está habitado por un sueño:
imagina las puertas y los muros
la pintura y el cableado
que él mismo instalaría
en una casa propia

Sabe cantidades
de material que necesita
y siente gusto
por ahorrarse en mano de obra

Sueña el momento
en que todo lo que sabe
sirva un día
a su propio beneficio

Allerlei Handwerk

Der Stolz von dem der
allerlei Handwerk bietet
liegt darin jeglichen Defekt
zu reparieren
Er wird bei Wasserschäden ebenso
gerufen wie bei einem Kurzschluss

Doch wer mit Handfestem hantiert
wird von einem Traum begleitet
er stellt sich Türen vor und Mauern
Farbeimer und Kabel
die er auch selbst verbauen will
und zwar im eigenen Haus

Er kennt die Mengen
benötigter Materialien
und freut sich
dass er an Arbeitskräften spart

Er erträumt sich den Moment
wenn eines Tages
alles was er kann
ihm selbst zugute kommt

El artesano del vidrio

El artesano del vidrio

La flama del soplete
lo va dejando ciego
se promete renunciar
cuando falle la vista
No cumple

Si se protege con lentes parasol
enceguece a fuego lento
Le espera un cuarto oscuro
amarillo, decía Borges

¿Qué fuerza lo sostiene en la tragedia?
Si él no pretende la obra maestra
sus miniaturas no llegan a subasta
son para vitrina y esquineros

¿Lo ha hipnotizado
el fuego fatuo
causante de toda industria?

La graduación de sus lentes
aumenta cada tanto
cuando cambia de anteojos
funde el vidrio de los viejos
y lo usa en sus paisajes

Continúa hasta que el vidrio
encarna en sus entrañas:
sus ojos también
ya son de vidrio
uno que ya no sirve
para ningún paisaje

Der Glasbläser

Die Flamme aus dem Brenner
macht ihn allmählich blind
er schwört er hört dann auf
wenn seine Sehkraft schwindet
Und tut es nicht

Schützt er sich mit dunklen Brillen
erblindet er auf kleiner Flamme
Und es erwartet ihn ein dunkler
gelber Raum – so sagte Borges

Was hält ihn standhaft in seiner Tragödie?
Er strebt ja nicht nach einem Meisterwerk
seine Miniaturen werden nicht versteigert
sind nur für Vitrinen und Wohnzimmerschränke

Ist er etwa hypnotisiert
vom flackernden Feuer
das jedes Werk bedingt?

Die Stärke seiner Linsen
wird jedes Mal erhöht
wenn er die Brille wechselt
schmilzt er die alten Gläser ein
nutzt sie für seine Miniaturen

Das führt er fort bis das Glas
in Fleisch und Blut ihm übergeht
seine Augen sind selbst schon
ganz gläsern
das eine taugt schon gar nicht mehr
für keine Landschaft

El obrero

Cuando nos juntamos al descanso
todos los que estamos
no tenemos sueños
nadie presume sus labores
ni se intriga por ascenso
No hay miedo a la caída
porque estamos en la base

Por primera vez
todo lo debemos
a las manos
ni al amigo
ni al diploma

El mundo adquiere
cierta transparencia
se vuelve simple
cotidiano
Delirante sólo
por esa mala luz
que está de moda
en ciertas
                    naves de textiles

Der Arbeiter

Wenn wir uns zur Pause treffen
sind wir alle
ohne Träume
niemand prahlt mit seiner Arbeit
oder strebt nach Aufstieg
Keiner hat Angst vor dem Fall
wir sind nämlich am Boden

Zum ersten Mal
verdanken wir
alles unseren Händen
nicht dem Freund
und nicht dem Zeugnis

Die Welt wird gewisser-
maßen transparent
und einfach
alltäglich
wahnhaft nur
in diesem schlechten Licht
das wohl modern ist
in bestimmten
Textilfabriken

El recolector de basura

Conoce la severidad de los hogares
Sabe del enfermo
por la etiqueta de los frascos
se entera de los vicios
por las sustancias residuales

Adquiere los gustos de los otros
Aprovecha la última porción
en los envases
Se vuelve receptivo ante los cambios
Sabe que han caducado preferencias
cuando ya no hay fresas
                    en el fondo de los frascos

Si la gente lo mira
con esos ojos de repulsa
quisiera detenerse
explicarles
que no hay tanta diferencia
en sabor y calidad
entre el pleno de una mayonesa
y los residuos en el fondo
que realmente lo malo
son otras diferencias

Der Müllsammler

Er kennt das harte Los so manchen Haushalts
Weiß von dem Kranken
durch das Etikett der Fläschchen
verräterische Überreste
offenbaren jedes Laster

Er lernt den Geschmack der anderen
Schnappt sich die letzte Portion
aus der Verpackung
Wird empfindlich für Veränderung
Weiß wenn Vorlieben weichen
wenn keine Erdbeeren mehr übrig sind
unten in den Einmachgläsern

Wenn ihn die Leute ansehen
mit Blicken voller Abscheu
möchte er innehalten
und erklären:
Der Unterschied ist nicht so groß
in Geschmack und Qualität
zwischen der neuen Mayonnaise
und den Resten am Boden
das wirklich Schlimme
sind die anderen Unterschiede

Los invisibles

A quien corresponda

dar mantenimiento a monumentos
fumigar de noche las ciudades
revisar el rojo en la etiqueta
supervisar niveles de clorato
calibrar resistencias en los tanques
procurar que no llegue lo caduco
asegurar los tornillos del ensamble
...
gracias

Die Unsichtbaren

An die Beteiligten

Die Denkmäler instand halten
die Stadt nachts von Ungeziefer säubern
Preisschilder kontrollieren
die Chlorgehalte überprüfen
und die Dichtigkeit von Tanks
die dafür sorgen dass nichts schief geht
und dass die Fugenschrauben bündig sitzen
...
an sie alle geht mein Dank

La señora que lava ajeno

Cuando su hijo va a casa de la novia
le presta el mejor suéter de sus clientes

Es un tipo bien portado y bien vestido
dicen con gusto los padres de la chica

Aunque intriga
que un chico tan humilde
ande en buenos trajes
Él les dice que su familia
se dedica al negocio
                    de la ropa
sin hacer aclaraciones

Cuando su madre enferma de la espalda
suspende el oficio por terapias
Una ligereza le preocupa:
que en casa de la novia
juzguen a su hijo
                    por su ropa ya gastada

Die fremde Wäsche wäscht

Wenn ihr Sohn zur Freundin fährt
gibt sie ihm den besten Pulli eines Kunden

Höflich und wohlgekleidet sei er
sagen erfreut des Mädchens Eltern

Obwohl es doch verwundert
dass ein Junge aus bescheidenem Haus
sich so gut kleiden kann
Er sagt seine Familie
                    sei in der Branche tätig
ohne es weiter auszuführen

Als seine Mutter rückenkrank wird
lässt sie die Arbeit wegen der Behandlung
Nun treibt sie die Sorge um
dass man im Haus der Freundin
auf ihren Sohn herabschaut
                    ob seiner abgewetzten Kleidung

La botarga

Si se tropieza
no podría levantarse
Sufriría la agitación
de las tortugas cuando a espaldas
Tendrían que ayudarle los paseantes
siempre bondadosos al disfraz

Sabemos que las botargas
nos miran por la boca del muñeco
Ven que sonreímos
a unos ojos de cartón

Descubren una bondad
que no es para personas

Quisieran estar a la altura
de los ojos del muñeco
y recibir ellos
la amabilidad de nuestros gestos

Die Maskottchen

Wer als Maskottchen stolpert
kommt allein nicht wieder hoch
gerät in Panik
wie eine Schildkröte in Rückenlage
Passanten müssen helfen
die wohlgesinnt sind dem Kostüm

Wir wissen dass ihre Blicke
aus Puppenmündern kommen
Sie sehen unser Lächeln
das sich an Plastikaugen richtet

Und spüren eine Güte
die nicht den Menschen gilt

Wie gern wären sie auf Augenhöhe
mit dem Maskottchen das sie sind
und selbst der Adressat
unserer Freundlichkeit

El trailero

Cuentan que se han dado grandes novelistas
iniciados en copilotos de trailero

Muchas muertes
se deben a esos falsos copilotos
que se hacen pasar
de buenos cuenteros
no saben que la vida
pende de un cuento

Der Lastwagenfahrer

Es heißt so mancher große Romancier
habe als Beifahrer begonnen

Zahllose Todesfälle
gehen auf das Konto falscher Co-Piloten
die sich als
                    gute Erzähler tarnen
und nicht wissen dass ihr Leben
                    am Faden der Erzählung hängt

El jornalero

Le dicen que cave una zanja
sin que pierda vertical
ni conozca la maqueta
De oídas sabe
que hacen un puente
Imagina el beneficio
en el total de la obra
de aquel hoyo que él cava
¿será para cimiento
o alcantarilla?

Pagan
al final de la jornada
y prometen llamarlo
si así lo necesitan
No trabaja a destajo
por eso lo apuran
No le gusta
que lo manden
hacer cosas
sin saber
lo que hace

No le dice
al ingeniero
enterado en la maqueta
que un jornalero se parece
a las cosas que nos pasan:
vivir al día
¿qué se hace?
¿qué sigue?
Guardar las esperanzas
que algún día
        nos llamen
Adivinar
                        si es para cimiento
                                        o alcantarilla

Der Tagelöhner

Man heißt ihn eine Grube graben
lotrecht und tief
die Pläne kennt er nicht
Vom Hörensagen weiß er
dass es eine Brücke wird
Er stellt sich den Nutzen
seines Grabens
für das gesamte Bauwerk vor
Ob es fürs Fundament ist
oder die Kanalisation?

Am Ende jeder Schicht
bezahlt man ihn
es heißt man will sich wieder melden
wenn man ihn brauche
Er hat keine reguläre Stelle
deswegen quält man ihn
Er mag Auf-
gaben nicht
bei denen er
nicht weiß
worum es geht

Er sagt nicht
zum Ingenieur
der alle Pläne kennt
das Leben als Tagelöhner
sei wie normaler Alltag
leben von Tag zu Tag
Was ist zu tun?
Was kommt?
Die Hoffnung nicht verlieren
dass sie sich eines Tages
                wieder melden
Erraten
      ob es fürs Fundament ist
                        oder die Kanalisation

Trabajadores de la construcción

Suelen compararse
con oficios sutiles
de archivista y mayordomo
para saber su diferencia

Su músculo se entrega
a cincel y herramienta
con la pasión imposible
del escritor a su lápiz
del pintor a su tela
Quizá sólo un panadero
iguala esos tratos
con la masa

Nadie como ellos
se da de sí a las cosas
Pero se quiebran
estallido de venas
hervidero de hernias

Terminan en los trabajos sencillos
y matan sellos a disgusto

Die Bauarbeiter

Sie werden oft verglichen
mit feineren Berufen
wie Archivaren oder Butlern
wenn es um ihre Zunft geht

Ihre ganze Muskelkraft fließt
in Hammer und in Meißel
mit unerhörter Hingabe
wie bei Schriftsteller und Bleistift
Maler und Leinwand
Vielleicht gleicht ihnen auch
einzig der Bäcker
im Umgang mit dem Teig

Niemand gießt wie sie
die eigenen Kräfte in die Dinge
Aber sie brechen
Adern platzen
Leisten bersten

Dann enden sie bei leichten Tätigkeiten
und erschlagen mürrisch Briefmarken

Los oficios perdidos

Ha cerrado el taller
que daba servicio a las muñecas
Cambiaban cabelleras
daban luz a las pestañas
pintura a las mejillas
La señora
terminó arreglando niños Dios
y vistiendo todos santos

¿A qué se debe una existencia
No habrá que tomar en serio
que uno está bien en lo suyo
que más vale ser
telegrafista sin empleo?

Die verlorenen Berufe

Nun hat sie zugemacht
die Werkstatt für Puppenreparatur
Keine neuen Haare mehr
oder ausdrucksstarke Wimpern
rosige Wangen
Zuletzt war die Dame
bloß noch mit kaputten Jesuskindern
und Heiligengewand befasst

Woran hängt eine Existenz?
Die Sicherheit der
guten Arbeit trügt
was nutzt es Telegrafist
zu sein wenn's keine Arbeit gibt?

El oficinista

Conoce en los papeles
la vida de los otros
sabe sus estudios
deudas y divorcios

A veces
regreso a casa
va pensando
                en algún expediente
interpela al destino
tal persona
tenía buen impulso
certificados
idiomas
experiencia
sin embargo

Al otro día
revisa los archivos
si faltan documentos
exige que se entreguen

Se gana el odio
de aquellos
en quienes piensa

Der Büroangestellte

Aus den Papieren kennt er
das Leben anderer Leute
kennt ihre Ausbildung
Schulden und Scheidungen

Manchmal
denkt er
auf dem Heimweg
                    an irgendeine Akte
hinterfragt das Schicksal
die Person
hatte doch Elan
Abschlüsse
Fremdsprachenkenntnis
Erfahrung
immerhin

Am nächsten Tag
prüft er die Akten und
wenn Unterlagen fehlen
fragt er sie an

Und zieht sich den Hass
all derer zu
an die er denkt

La costurera de fábrica

Cada tanto equivoca el corte
la jefa de piso la fastidia
intenta ganar concentración
Pero de nuevo
los amores
los hijos de los hijos
Y el remache sale mal

La supervisora
Concentrarse
los hijos de

La sup
concent
hij

Die Fabriknäherin

Hin und wieder vertut sie sich beim Schnitt
die Vorarbeiterin sitzt ihr im Nacken
sie versucht sich neu zu konzentrieren
Doch es passiert schon wieder
die Liebe
die Kinder der Kinder
Und die Naht misslingt

Die Vorarbeiterin
Konzentration
Die Kinder der

Die Vorar
Konzent
Kin

El supervisor

Lo han ascendido sin desearlo
ahora vigila a sus amigos
le cuestan los reportes
las llamadas de atención

No sabe todavía
cómo llevar esa amistad
No convence a sus colegas
que el puesto no es tan serio
Y lo van odiando poco a poco
Va creyendo que en verdad
es un gran supervisor
que tiene a cargo
la calidad de los trabajos

Años después
recuerda
que trataba convencer
de no tomar
                    en serio su trabajo
*¡Cuando es una gran responsabilidad
ser supervisor!*

Der Aufseher

Die Beförderung war nicht gewollt
jetzt überwacht er seine Freunde
Berichte fallen ihm schwer
und auch Ermahnungen

Er weiß noch nicht
wie solche Freundschaft geht
Kein Kollege glaubt ihm
dass seine Stelle halb so wild ist
Und nach und nach wird er gehasst
Allmählich bildet er sich ein
er sei als Aufseher großartig
der für die Qualität
der Arbeit sorgt

Jahre später
weiß er noch
wie er überzeugen wollte
seine Arbeit sei
doch halb so wild
Dabei ist die Verantwortung doch riesig
Aufseher zu sein!

El reparador de calzado

Sentimos las molestias
que su ausencia ocasiona
Dejó de componer zapatos
para hacer reparaciones en piel
bolsos chamarras monederos
Atte.
la "globalización"

Der Schuhe repariert

Es ist uns eine Last
wenn er nicht da ist
Das Schuhemachen gab er auf
für Lederreparaturen
an Taschen, Jacken, Portemonnaies
MfG
die „Globalisierung"

El archivista

Después de cinco años
los documentos expiran
se van a la basura
Mientras tanto
ordena expedientes por asunto
etiqueta con pasión taxonomista
desempolva con cuidadosa arqueología
conoce los secretos de conserva
la importancia de hacer consecutivos
sostiene en alfileres como un naturalista

Separa   parcela   subdivide
archivero
cancel
etiqueta

Después
    todo se va a la mierda

Der Archivar

Nach fünf Jahren laufen
die Dokumente ab
sie landen auf dem Müll
Doch bis dahin
ordnet er Unterlagen nach Betreff
etikettiert taxonomisch leidenschaftlich
entstaubt archäologisch sorgfältig
weiß die Geheimnisse die er bewahrt
wie wichtig die Chronologie ist wenn er
die Akten aufspießt wie Schmetterlinge

Er sortiert trennt ordnet unter
Registratur
Wandschrank
Etikett

Und danach
geht alles zum Teufel

El mandadero

Los ocupan en labores de ordinario
nada de sentirse algo especial
Cualquiera con dos manos
podría con los encargos

Vivir a lo que se ofrece
facturas en el banco
niños para el parque
emergencias de leche
Corre ve baja
¡No olvides!

Y lo olvida
no pudo en su memoria
con cantidades exactas
mensajes de recado

Se va
buscando otra vez
servir de mandadero

Sabe que se ha vuelto
muy flexible
no recuerda
oposición de su parte
Será el alma de su oficio
Corre ve baja
¡No lo olvides!

Lo olvidamos

Der Laufbursche

Man beschäftigt ihn mit ordinären Dingen
er soll sich nur nicht zu besonders fühlen
Denn diese Aufgaben kann jeder
mit zwei gesunden Händen übernehmen

Er nimmt alles was kommt
bringt Überweisungen zur Bank
Kinder auf den Spielplatz
und löst Milchnotlagen
Lauf, los jetzt!
Nichts vergessen!

Und er vergisst es doch
sein Gedächtnis kommt nicht
mit genauen Mengen
und Anweisungen klar

Er geht
und bietet wieder
Laufburschendienste an

Er weiß er ist
flexibel mittlerweile
erinnert sich an keine
Arbeitsverweigerung
Das Wesen seiner Arbeit:
Lauf, los jetzt!
Nichts vergessen!

Dabei wird er vergessen

Los oficios interminables

Son de hacer lo mismo

Quien pica ajos todo el día del año
en un restaurante japonés

El que se jubila
oprimiendo un botón
a la milésima ampolla

Quien sella legajos
por tres generaciones

El que bate y bate
tum tum tum
tum tum tum

A todos los que hagan enseguida
exactamente lo que hicieron antes
permítanme mandarles
una indolencia poética
que no debieran
hacer caso:
¡Abandonen el trabajo!

Die monotonen Berufe

Sie tun die ganze Zeit dasselbe

Der eine hackt Knoblauch Tag für Tag
in einem japanischen Lokal

Der andere drückt bis zur Rente
auf denselben Knopf
und füllt die tausendste Ampulle

Wieder andere stempeln Akten
in der dritten Generation

Oder man klopft und klopft
tock tock
tock tock

Ihr die ihr immerzu das tut
was ihr davor getan habt
erlaubt mir dass ich mich
poetisch aus dem Fenster lehne
und euch etwas rate
was ihr nicht befolgen sollt:
Gebt eure Arbeit auf!

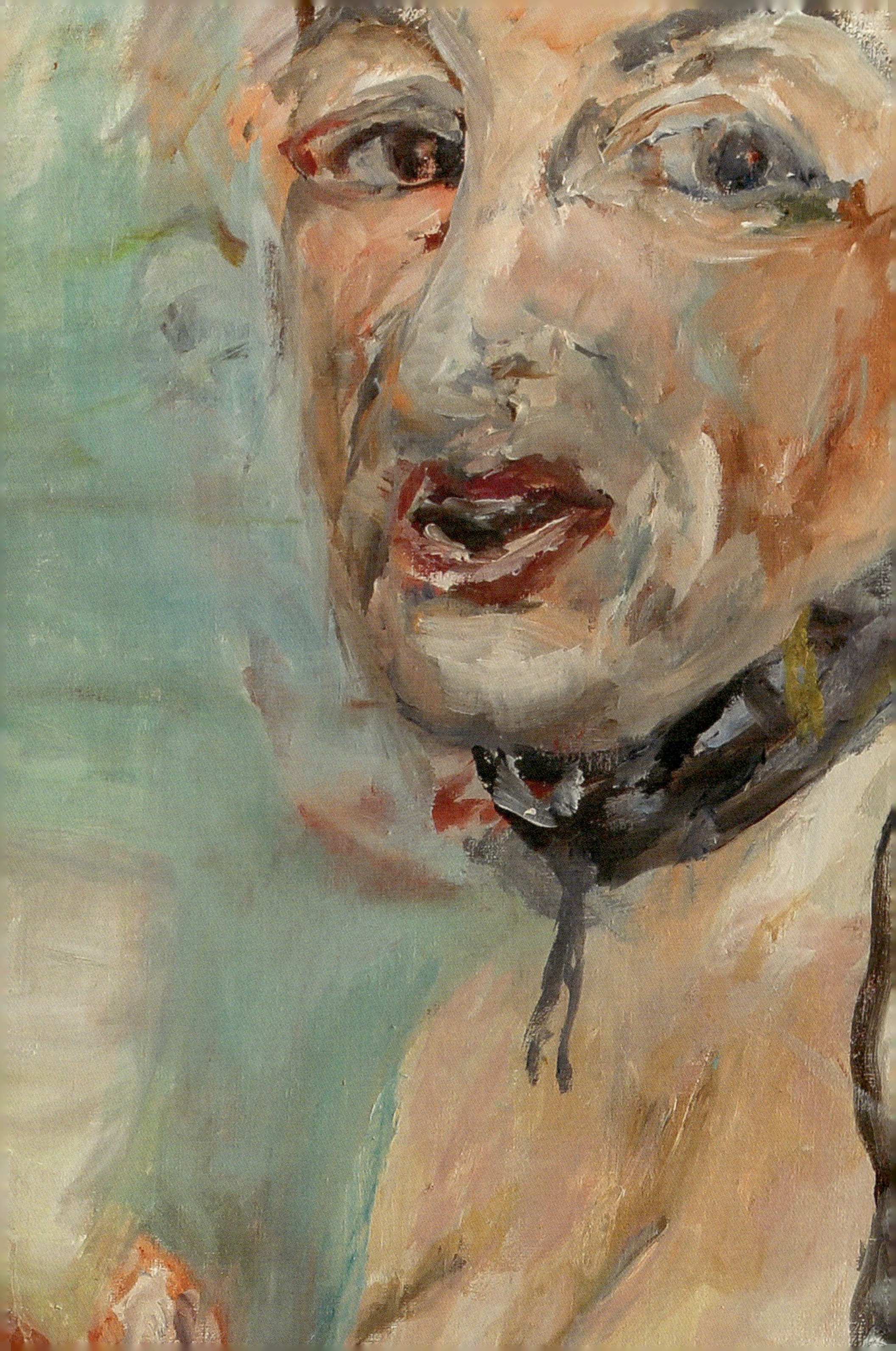

Los trabajos temporales

Realizan labores
a la mayor lentitud
Especialistas
en prolongar la obra
sin que provoquen su despedido

Trabajan doble
construyen por el día
y en la noche lo destruyen
También doble es la angustia
Cada instante los acerca
al término del plazo
Como ellos
pocos sienten
resienten
el paso
el pisoteo
de los tiempos

Befristete Arbeiter

Sie verrichten ihre Arbeit
so langsam wie nur möglich
Sind Spezialisten darin
das Werk so weit auszudehnen
damit sie noch nicht entlassen werden

Sie arbeiten doppelt
am Tag bauen sie auf
was sie in der Nacht zerstören
Auch ihre Angst ist doppelt
Jede Minute bringt sie näher
ans Ende ihrer Frist
Wenigen ist
der Schritt
der Trampelschritt
der Zeit
so nah so furchtbar nah
wie ihnen

El carbonero

Es un personaje dramático:
inicia en la risa
cuando su cara ennegrecida
intensifica el rojo
de su boca payaso
Termina en la tragedia
cuando gotas de sudor
resbalan por su rostro
Llanto cifrado que sospecha
el malestar respiratorio
que aguarda al carbonero

Der Köhler

Er ist eine theatralische Figur:
alles beginnt mit einem Lachen
das rußschwarze Gesicht
macht ihm knallrote Lippen
wie bei einem Clown
Alles endet als Tragödie
Schweißtropfen rinnen
ihm über das Gesicht
chiffriertes Weinen kündet
von der Lungenkrankheit
die auf den Köhler wartet

El cargador

El de complexión robusta
suele culpar a su genética
de ejercer el oficio de los simples

De no haber sido aquella mole
se vería obligado
a aprender alguna técnica
de jardinería o confección

Pero su puro aspecto
lo propone
para asuntos de forzudo

¿Quién no sabe cargar?
se pregunta
Y sufre de universalismo

¡Metafísica del cargador!

No le causa orgullo
asesorar sobre los esfuerzos
que provocarían una hernia
ni las artes que maneja
para que sea más noble
el peso de los bultos

Der Lastenträger

Vom Körper her ist er robust
er gibt den Genen alle Schuld
dass er nur einfache Arbeit tut

Wär' er nicht so ein Schrank
müsste er irgendwas lernen
sich spezialisieren auf
Gärtnerei oder industrielle Fertigung

Aber sein Äußeres
prädestiniert ihn
für Kraftakte jedweder Art

Tragen kann doch jeder!
sagt er sich
Und leidet an seinem Universalismus

Das ist die Metaphysik des Lastenträgers!

Es erfüllt ihn nicht mit Stolz
Rat zu geben welche Belastungen
wahrscheinlich zu Leistenbrüchen führen
oder dass er von Zeit zu Zeit wertvolle
Kunstobjekte transportiert
die seiner Last Noblesse verleihen

Los patrones mezquinos

Sólo merecen que los exhiba
con el título del poema
Nunca será de ellos
ningún verso

Die kleinkarierten Vorgesetzten

Ihnen steht nicht mehr zu
als der Titel des Gedichts
Nie wird ihnen auch nur
ein einziger Vers gehören

Epílogo Christiane Quandt

Miguel Maldonado trabajó como diplomático al servicio de un país, en el cual las jerarquías sociales están fuertemente establecidas. La sociedad mexicana sigue marcada por su herencia colonial: existe una clase alta dirigente que es en su mayoría blanca, y una clase baja, que se encarga de los „trabajos sucios" y que es--lamentablemente aún hoy--en su mayoría indígena (y no blanca). Pero Miguel Maldonado intenta, desde su posición privilegiada, dirigir la mirada hacia aquellos que tan a menudo son pasados por alto, consiguiendo así miniaturas poéticas, que van desde una tristeza profunda a la hilaridad. Algunos de los oficios que describe los probó incluso carne propia.
La poesía es para él un espacio en el que deja a un lado sus anteojos de funcionario, empero, en el que necesariamente acude al conocimiento que su trabajo le entrega. El resultado son poemas que entretienen, desconciertan e instan a la reflexión.

Nachwort Christiane Quandt

Miguel Maldonado war als Diplomat im Auftrag eines Landes tätig, in dem soziale Hierarchien stark markiert sind. Die mexikanische Gesellschaft ist noch immer von ihrem kolonialen Erbe geprägt: es gibt eine regierende Oberschicht, die mehrheitlich weiß ist, und eine Unterschicht, die die „Drecksarbeit" erledigt und - leider noch immer - mehrheitlich indigen (und nicht weiß) ist. Doch Miguel Maldonado versucht, aus seiner privilegierten Sicht den Blick auf diejenigen zu lenken, die so oft übersehen werden, und er schafft dabei poetische Miniaturen, die von tieftraurig bis urkomisch alles bieten. In manchen Berufen, die er beschreibt, war er sogar selbst tätig. Die Poesie ist für ihn ein Raum, in dem er die Brille des Beamten ablegt, jedoch durchaus auf das Wissen zugreift, das ihm durch seine Arbeit offen steht. Das Ergebnis sind Gedichte, die unterhalten, verwirren und zum Nachdenken anregen.

Miguel Maldonado

... nacío en Puebla, Mexico, en 1976, ha sido diplomático mexicano como agregado cultural en Kenia, jefe de redacción de la revista *Revuelta* y ahora director de la revista *UNI*. Fue galardonado con el Premio Nacional de Poesía Joven Gutierre de Cetina en 2006 y el Premio Nacional de Poesía Joaquín Xirau en 2016. Escribe prosa, ensayo--como su libro sobre Octavio Paz--y poemas, entre otras la colección *Bestiario* 2015. Además de formar parte de diversas antologías de poesía mexicana, su obra ha sido traducida al alemán, árabe, chino, francés, griego, inglés, japonés, portugués y rumano.

.... wurde 1976 in Puebla, Mexiko, geboren. Er war als Kulturattaché in Kenia und als Chefredakteur der Zeitschrift *Revuelta* tätig und leitet zur Zeit die Zeitschrift *UNI*. 2006 wurde er mit dem Landespreis Premio Nacional de Poesía Joven Gutierre de Cetina und 2016 mit dem Premio Nacional de Poesía Joaquín Xirau ausgezeichnet. Er schreibt Prosa, Essays - wie sein Buch über Octavio Paz - und Gedichte, u.a. die Sammlung *Bestiario* 2015. Sein Werk wurde in verschiedenen Anthologien mexikanischer Lyrik publiziert und in viele Sprachen übersetzt, ins Arabische, Chinesische, Englische, Französische, Griechische, Japanische, Portugiesische und Rumänische.

Christiane Quandt

... nació en 1982 en Colonia, estudió traducción en el FTSK de la Universidad de Maguncia y trabajó como profesora asistente en el Instituto de Estudios Latinoamericanos de la FU Berlin. Hace parte del equipo redaccional de *alba.lateinamerika lesen* y trabaja como traductora y editora libre en Berlín. Tradujo, entre otras, la novela *Berlin es un cuento* de la argentina berlinesa Esther Andradi.

... wurde 1982 in Köln geboren, studierte Übersetzung am FTSK der Universität Mainz und war bis 2015 am Lateinamerika-Institut der FU Berlin tätig. Sie ist Redaktionsmitglied der Zeitschrift *alba.lateinamerika* lesen und arbeitet als freie Übersetzerin und Herausgeberin in Berlin. Sie übersetzte u. a. den Roman *Die drei Verräterinnen* von der argentinischen Berlinerin Autorin Esther Andradi.

Dietlind Horstmann-Köpper

... nació en Schneverdingen, Alemania, en 1947. Estudió Pintura en Hamburgo e impartió clases. Ha tenido exposiciones en Francia, Alemania y Polonia. Su obra incluye Artes Plásticas, Pintura y Dibujo. Su trabajo estudia la percepción del cuerpo a nivel sensorial y mental, y las realidades tanto de seres humanos como de animales: su vulnerabilidad y vitalidad.

... wurde 1947 in Schneverdingen geboren. Sie studierte Malerei u.a. in Hamburg, unterrichtete und stellte an vielen Orten in Frankreich, Deutschland und Polen aus. Ihr Werk, das Plastik, Malerei und Zeichnung umfasst, untersucht die Wahrnehmung des Körpers auf der sinnlichen wie seelischen Ebene; sie untersucht ihre Wirklichkeiten, ob von Menschen oder Tieren, ihre Verletzlichkeit wie ihre Vitalität.

Bilder | Imágenes

Die Tellerwäscherin | La lavadora de platos
Der träumende Schmied | El herrero soñador
Die Ballonverkäuferin | La vendedora de globos
Oma Inge (Die Klofrau) | Abuela Inge (la señora del baño)
Der Matrose | El marinero
Der Fischverkäufer | El vendedor de pescados
Die Hummerverkäuferin | La vendedora de langostas
Im Fenster | En la ventana

Poemas Gedichte

Impressum | Pie de imprenta

BÜBÜL VERLAG BERLIN
die bücher mit dem büffel | los libros con el búfalo
No. 16

Gedichte | Poemas: Miguel Maldonado
Übersetzung | Traducción: Christiane Quandt
Bilder | Imágenes: Dietlind Horstmann-Köpper
Cover & Layout: Maria Herrlich

Dank an | Agradecimientos a
Carmen Diez Becker & Peter Holland

El libro de los oficios tristes erschien erstmals 2015 in | se publicó por primera vez en México bei | por Destrazas Ediciones, Monte Carmelo

Impresión | Druck: Heenemann, Berlin
1ª Impresión | 2. Auflage 2018

ISBN: 978-3-946807-25-4

Von | de Christiane Quandt & Dietlind Horstmann-Köpper
im Bübül Verlag Berlin erschienen | se publicó:
eine Übersetzung von | una traducción de Christiane Quandt in | en
Saudade é uma palavra estragada – Sehnsucht ist ein verdorbenes Wort, 2016,
ISBN 978-3-946807-04-9 und Arbeiten von | y trabajos de
Dietlind Horstmann-Köpper in den Erzählungen | en el libro de cuentos:
Das Liebespaar von | de Wiebke Eden 2016, ISBN 978-3-946807-02-5,
Die Ziege der Auberge du Cèdre
von | de Tanja Langer 2017, ISBN 978-3-946807-05-6